Peter Pan

raconté par **MARLÈNE JOBERT**

EDITIONS
ATLAS

Éditions Glénat
Services éditoriaux et commerciaux :
31-33, rue Ernest-Renan
92130 ISSY-LES-MOULINEAUX

Avec la participation de Marlène Jobert
Illustrations : atelier Philippe Harchy
Photo de couverture : Éric Robert/Corbis

Achevé d'imprimer en février 2007 en Italie par l'imprimerie Eurografica
Via del Progresso, 125
36035 Marano Vicenza
Italie
Dépôt légal : mars 2007
ISBN : 978-2-7234-5926-6

Tous les enfants veulent grandir, tous ! Il y a pourtant un garçon qui ne l'a jamais accepté, jamais ! C'est Peter Pan.

La petite Wendy et ses deux jeunes frères, Jean et Michel, le connaissaient bien ; il venait souvent la nuit leur parler du Pays imaginaire.

Quand il les entendait jouer à Peter Pan, leur papa, monsieur Darling, les grondait toujours :

- *Qu'est-ce que c'est que ces histoires à dormir debout, vous feriez mieux d'apprendre vos leçons !*

Leur maman, elle, les écoutait avec plus d'indulgence, mais elle s'étonnait tout de même que ce Peter revienne aussi souvent dans leur imagination ; plusieurs fois, la petite Wendy avait dit en se réveillant :

- *Il est encore venu jusqu'à notre chambre cette nuit, et quel bon moment nous avons passé.*

Si quelqu'un avait dit à monsieur et madame Darling que Peter Pan existait réellement et qu'il venait rendre visite à leurs enfants, est-ce qu'ils l'auraient cru ?

Un soir, les parents des trois petits furent invités à une réception. Ils vinrent les embrasser tendrement dans leur lit puis s'en allèrent. À peine furent-ils partis que dans le ciel une petite étoile se mit à clignoter, comme pour dire : - *Ça y est, Peter, tu peux y aller !*

Et Peter Pan vola jusqu'à la chambre des trois enfants, qui l'attendaient.

Comme d'habitude, il leur parla de son pays et de ses nombreuses aventures, mais, cette fois, il vit dans leurs yeux tant d'émerveillement qu'il proposa :

- *Mais pourquoi ne venez-vous pas avec moi ? Là-bas, on ne dort jamais, il y a des pirates, il y a des fées... Mais, à propos, où est Clochette ? Oooh ! j'ai dû l'enfermer hier sans le faire exprès dans un tiroir. Mais lequel ? Écoutons bien, nous devrions l'entendre.*

Et, en effet, dans le silence retentit le son d'une clochette. Peter ouvrit le tiroir d'où venait le gling gling, et une toute petite fée voleta comme un papillon à travers la chambre :

elle ne semblait pas de très bonne humeur !

- *Eh bien ! Clochette, tu en fais une tête !*

- *Je voudrais t'y voir toi ! Tout un jour dans un tiroir !*

- *Pardonne-moi !* fit Peter en lui caressant l'aile avec le bout des doigts ...

Puis il s'adressa aux enfants :

- *Alors ! Vous venez avec nous au pays imaginaire ?*

Les petits en brûlaient d'envie, mais Wendy, tout à fait désolée, soupira :

- *Comment veux-tu, nous ne pouvons pas voler.*

- *Qui peut rêver... peut voler ! Essayez !* lança Peter, en s'élevant déjà dans les airs avec Clochette. Et, à leur grande surprise, Wendy, Jean et Michel se sentirent soudain comme aspirés par le ciel, et ils réussirent à les suivre.

Tout excités par ce nouveau pouvoir et enivrés par les caresses du vent dans leurs cheveux, ils arrivèrent très vite au-dessus de cette île des Garçons perdus dont Peter était le chef.

Ils descendirent un peu, aperçurent le village des Peaux-Rouges et, dans une petite crique, un gros bateau portant pavillon noir.

- *Ah, encore lui !* fit Peter, soudain contrarié.

- *Mais qui ?* lui demandèrent les trois petits.

- *Mon ennemi, le capitaine Crochet, le cruel chef des pirates !*

Curieux d'en savoir plus, les enfants s'approchèrent de Peter.

- *À cause de moi, il a perdu sa main droite dans un combat*, leur expliqua-t-il ; *depuis, il a un crochet à la place et il a juré de se venger. Il faut que j'aille faire un tour là-bas !*

Et en s'éloignant il lança :

- *Je vous rattraperai, continuez avec Clochette !*

Mais celle-ci n'appréciait pas du tout cette amitié nouvelle entre Peter et la petite Wendy. Les fées aussi peuvent être jalouses, vous savez ! Clochette, furieuse que les enfants l'accompagnent, les sema pour filer à la vitesse d'une fusée vers l'île des Garçons perdus.

À peine fût-elle posée qu'elle cria :

- *Peter a ordonné que vous chassiez la petite fille qui vole en chemise de nuit ! Allez, vite, la voilà !*

La pauvre Wendy apparut en effet au-dessus de leurs têtes, alors les garçons attrapèrent leurs frondes et pan ! lui lancèrent des noix de coco. La fillette serait sûrement tombée si Peter n'était revenu à temps.

- *Ça ne va pas, non ! Qu'est-ce qui vous prend ?*

- *Mais c'est Clochette qui nous a dit de le faire !* s'écrièrent-ils.

- *Clochette ! Tiens, tiens !* fit le jeune garçon avec un air malicieux, puis il ajouta :

- *Comment peux-tu être aussi méchante ?*

Alors la fée, rouge de honte, préféra s'en aller.

Lorsque les frères de Wendy furent arrivés à leur tour, Peter confia à Jean :

- *J'emmène Wendy découvrir la lagune aux sirènes... Veux-tu être le chef des Garçons perdus en mon absence ?*

Le petit, ravi, répondit par un large sourire, et Peter entraîna la fillette avec lui. Jean, très fier de ses nouvelles responsabilités, était tout de même un peu inquiet : ne se trouvaient-ils pas tout près du village des Peaux-Rouges ?

Malgré tout, il décida de partir en exploration ; il marchait en tête de la troupe, et le petit Michel suivait derrière ; mais aucun d'eux ne remarqua ni les plumes sur le chemin, ni les flèches dans les buissons, ni les quelques sapins qui avançaient vers eux...

Pendant ce temps, Peter et Wendy admiraient les sirènes qui s'amusaient sur le rivage à se lancer des bulles d'écume. Wendy allait se joindre à elles, mais soudain le ciel s'assombrit et la mer à son tour devint noire et menaçante.

Peter fit signe à Wendy de se cacher : le navire du capitaine approchait. Une chaloupe quitta bientôt le bateau. À son bord, il y avait un pirate à la mine effrayante et Lis tigré, la fille du chef des Peaux-Rouges, à qui on avait lié les mains et les pieds.

- *Pourquoi Crochet a-t-il enlevé Lis tigré ?* demanda Wendy.

- *Il sait que nous sommes amis et qu'elle connaît ma cachette. Alors, comme elle n'a rien avoué, il veut la punir.*

- *Quel méchant homme !* murmura la petite fille.

- *Tout le monde a peur de lui, mais il ne craint personne, sauf le crocodile qui a dévoré sa main*, répondit tout bas Peter. *Depuis, cet animal, qui a aussi avalé un réveil, suit curieusement son navire partout. Et, chaque fois que Crochet entend son tic-tac, il est terrorisé.*

La voix terrible du méchant homme s'éleva soudain :
- *Laisse-la sur un rocher, la marée montante va s'en charger !*
Tu me ramèneras son corps après ! Ah ah ah !

Wendy aurait été plus désolé encore si elle avait su qu'au même moment ses petits frères et les Garçons perdus étaient prisonniers des Peaux-Rouges. Leur chef les croyait coupables de l'enlèvement de Lis tigré et les avait déjà attachés aux poteaux de torture.
- *Si ma fille n'est pas délivrée avant ce soir, vous mourrez !* hurla-t-il.
Les éclairs dans ses yeux de braise étaient foudroyants.

Peter ignorait que ses amis étaient en danger. Il ne pensait qu'à sauver Lis tigré, alors il eut l'idée d'imiter la voix du capitaine.

- *Libérez Lis tigré ! Détachez-la tout de suite !*

Le pirate, un peu surpris, la délivra et retourna sur le bateau.

- *Déjà !* lui dit son capitaine, étonné de le voir si vite revenu. *Qu'as-tu fait de la prisonnière ?*

- *Mais j'ai, j'ai obéi à vos ordres, je, je l'ai détachée !*

- *Mes ordres ? Qui a osé prendre ma voix, qui ?*

Celui qui a osé va me le payer ! rugit-il en brandissant son crochet.

Et, dans le ciel, un éclat de rire lui répondit :

c'était Peter Pan qui s'envolait avec Lis tigré et Wendy !

Après avoir libéré les enfants, les Peaux-Rouges firent une grande fête pour célébrer le retour de Lis tigré. Puis Peter et les Garçons perdus emmenèrent Wendy et ses frères dans leur maison sous les arbres. La petite fille chanta les berceuses que sa mère lui avait apprises, et donna ainsi à tous l'envie de connaître un monde avec de vraies mamans.

- *Venez donc avec nous, nos parents seront ravis de vous connaître,* fit-elle simplement.

- *Allez-y si vous voulez,* dit alors Peter aux Garçons perdus, *mais, si vous grandissez, vous ne pourrez jamais revenir ici, jamais ! Moi, je préfère rester comme je suis, un enfant, pour continuer de rêver...*

Wendy et ses frères, de plus en plus impatients de retrouver leurs parents, décidèrent de repartir avec les Garçons perdus, mais sans Peter. Wendy resta encore un moment seule avec lui pour lui dire adieu.

Lorsqu'à son tour elle sortit de la maison, quelle stupeur ! Les pirates avaient enlevé les enfants ; ils l'attrapèrent elle aussi pour l'emmener de force sur le navire du redoutable capitaine. Crochet, certain que Peter allait accourir pour délivrer ses amis, attendait en ricanant qu'il vienne de lui-même jusqu'à son bateau.

Le jeune garçon, qui s'était endormi, fut réveillé par des frôlements d'ailes, c'était Clochette.

- *Vite ! vite ! vite, Peter, viens vite ! Il faut les sauver !*
En volant vers le navire, elle lui raconta ce qu'elle avait vu.

Peter atterrit sur le pont, juste devant le capitaine :
- *Défends-toi, canaille !* lui cria-t-il en sortant son épée.

Avec une violence folle, Crochet se jeta sur lui ; mais l'agile Peter le fit tellement reculer, reculer et reculer encore que le méchant homme finit par tomber à l'eau. On entendit alors le fameux « tic-tac-tic-tac », suivi d'un grand bruit de mâchoires.
Ainsi périt le terrible capitaine Crochet.

- *Hourra ! hourra ! hourra !* crièrent les enfants en sautant de joie et en s'embrassant, tandis que les pirates s'enfuyaient. Puis Wendy et ses frères, très émus, regardèrent Peter :
- *Nous devons rentrer chez nous maintenant,* dit la petite fille.

Peter baissa tristement les yeux et alla au gouvernail.

Le navire s'éleva alors dans les airs pour le voyage de retour vers la réalité.

Une heure seulement avait passé depuis leur départ ; le temps s'écoule différemment au Pays imaginaire... Ils entrèrent par la fenêtre de leur chambre et allaient regagner leur lit lorsque leur maman ouvrit la porte :

- *Comment ! vous ne dormez pas encore !* fit-elle stupéfaite.

- *Hé non ! nous venons tout juste d'arriver !* dit Wendy en regardant le ciel.

Puis elle ajouta :

- *Au revoir, les Garçons perdus, au revoir Peter, à bientôt les amis !*

Madame Darling jeta un coup d'œil au-dehors, mais elle n'aperçut qu'une minuscule traînée de poussière brillante s'éloignant dans le clair de lune.

- *Bah ! ce n'est qu'une étoile filante !* dit-elle, puis elle sourit en pensant que cela lui rappelait pourtant quelque chose, mais elle ne savait plus très bien quoi !

Il faut dire que Madame Darling avait accepté de grandir depuis très très longtemps...

Fin